HAYMON verlag

für H.

Landschaftn
Vergangenheitshaufen

Wiederbelebung der Tiere

Unsre Väter / hinterm Haus warn jung
Und ein kurzer Schlag hinter die Ohren
genügt
Sie lachtn laut / stießn den Rauch
durch die Nase
und spannten die blutnassn Felle
auf Rahmen aus Holz

Zusammen pfiffn wir Melodien unverschämt
(Marina Marina Ramona)
Mama kam / in den Garten
Und schrie / als Sterne in ihren Körper schlugn
Und sie braustn davon / himmel-
wärts auf ihren Lambrettas

Wir legtn unsre Wangen an flauschiges Fell
(Hasenherz spürst du das Pulsen)
und trockneten die Tränen
: auf Kissen / blütenweiß

Frühe Landschaften

Gemeinsam stapften wir weit
durch Stubnkammern
(über dankbare Teppichbödn)
und im Halbdunkel der Kleiderschränke / immer noch
das eingemottete Begehrn

Auf fernen Hügeln stehn
versprechen uns die Nazarener-
szenen
Sorglos im frischen Sonntagsgewand
Und diese Frau dreht sich um
zwischen Bügelbrett und Blätterwald
Und prostet uns zu
(tröstender Eierlikör in zittriger Hand)
: Mutter / sagst du
Du bist doch lange kalt

Disperato erotico stomp
(remember Lucio D.)

I.

Mein erstes Bett sei ein Strohsack gewesn
Ich lag da kaum der Mutter entwöhnt
Mein letztes / wer weiß
Vielleicht wirds ein Seesack sein
Oder ein Brett aus weichem Fichtnholz / Föhrn
Das einen leichter trägt

Ein Strohsack aus knisterndem Hafer / von den Äckern
hoch überm Meer
Und wenn ich mich umdrehte nachts
Klangs wie das Rauschen des Sensenblatts
(ein lichtes / windiges Rascheln)
das durch das Dickicht der Halme fährt
: Im Traumbild siehst du den Schnitter vorwärts-
ziehn / spürst wie
jeder Stängel sich wehrt und trotzdem
fällt / so als wär die Vergeblichkeit
: ihm eingeschriebn

Mein erstes Bett kam aus den Dreschmaschinen
im staubigen Stadel
Kroch unter Hustn und Spuckn zur Welt
Und Goldgelb hat mit Gold nichts gemein
: außer ein paar Buch-
stabn und einer Ahnung von Farbe vielleicht
Aus diesem Stroh wuchs ich heraus
(aus keinem anderen)

Das pikste und stach / aber weitab nach Himmel roch
Und leerer Felder Ein-
samkeit

Ich sprang über die Kartoffelfeuer im Herbst
: spähte / den verwegnen Raben nach
die ihre Kreise zogn über Wälder und Gärtn
und über den Rauch in den Äckern
in welchem Glutfunken glommen / und eine erste
Ahnung von Schnee

Hast du eine Ahnung / wie es am Morgen
in Schlafsälen riecht
(von Institutn und Knabenseminarn)
Mit dreißig Bettn und scharfen Befehlen
Und redn wir nicht von den Wünschn
die jeder schwitzend mit sich trug
(den Sehnsüchten nach weiter Ferne / einem größeren
Leben
Nach einem richtigen Bologna-Trikot
blau gestreift und rot
Oder auch nur: nach einem Strohsack zu Hause)

Die Bessren von uns trugen gekaufte Pyjamas / aus
weichem Frottee und Jerseytragekomfort
Aber auch in ihren Matratzen / schliefen die heißn
Tränen
von Elfjährigen / oder zwölf
Ihre verwischten Wünsche

: Aber doch warn es richtige Matratzen
Die auf der Unterfederung schaukelten / wie
Boote im unendlichn Meer

Wir waren allesamt Heldn / auf dem staubign
Bolzplatz oder unter der Schiefertafel
kannten wir keinen Schmerz
Zu Hause aber / hielt man den Atem an
wenn Vater saß und seinen Namen schrieb
Auf diesen Zeugnissen / Formularn
: am Küchentisch / hinter den rasch
beiseite geschobnen Töpfen
Wenn er seine Buchstaben / hin-
stellte
In dieses leer gebliebne Feld (diese fremdn
Ackerfurchen)
Wo wir das Bleistiftkreuzchen gemalt: hier
Mach lieber Gott / beteten wir leise für uns
Und irgendwann war doch / der erste
Buchstabe gesetzt
Dieses A / das etwas schief aus der Wäsche lugt
aber es stand: auf zwei Beinen
Wacklig zwar / aber am richtign Ort

Und schließlich fanden sich alle / zusamm
(wie sichs gehört)
eine Truppe / die sich verloren und wieder gefundn
Hielten sich fest aneinander
an diesen drehendn
Schnörkeln und Schlingen
Krallten sich in die Erde / wie Halme
im reißenden Sturm: und wir
atmeten aus
Und abends im Bett (allein mit uns selbst)
In dieser Schwebe zwischen Wachn und Schlaf
Plötzlich wie Sicherheit / traum-
wandlerisch
: Dass es der Alkohol war / der seinen Weg
sich bahnte
über Vaters Kehle und Hand
bis in die Tintenpatrone (in die Spitze der Feder)
und die Buchstaben torkln ließ / taumeln
: wer sonst
Und mit diesem Wissen hinab in den Traum
wo andere Stürme / auf uns
warteten / fernere Bettn
: später später

II.

Es war eine Dreiermatratze / in diesem Untermiet-
zimmer
Schreibtisch Regal und Bett
Sag / das war doch eine Jännernacht spät / nein
Kein Schneefall kein einziges Flöckchen über-
haupt keine Wittrung
kein Wetter kein Regen kein Mond
kein früher kein später
: nur / der Duft deiner Haut
(unsagbar fremd und unwirklich süß)
(dolce dulcis)
und das Pochen unter der Schädeldecke
das erst verebbte / als wir langsam versanken
Vielleicht wars auch eine Seegrasmatratze / in diesem
Zimmer (wo ich mit dir schlief)
Ein erstes Mal meinen Atem an deinen
legte
Wer weiß das heut noch / so genau

Und wenn ich an all die Matratzen denke
auf denen ich mit dir lag
an all die Hotels und Pensionen / an all
die wechselnden Orte
an all diese Jahre
: was bleibt

Vielleicht dass du uns noch
: ein Wortbett webst / ein Bett aus lauter Sätzen

gemacht / in das wir uns legen
in das wir uns hüllen
: eine Wohnung ein Haus / das seinen Namen behält
(vor so viel Vergangenheit)
auch wenn die Angst über uns fällt
: und das Wissen um all die Vergeblichkeit
mit der man sich / an den Händn hält

Es war eine Dreiermatratze / in diesem Untermiet-
zimmer
Schreibtisch Regal und Bett
Und draußen tobte der Sturm doch
Trieb Nebel und Flockn über uns weg
Und füllte die Welt das Zimmer das Haus
: Sprich mir nach / so schläft man im Schneebett
Körper an Körper so heiß
Und weiter draußen im Weiß / die Möwn

In der helln Weite des Traums / Schrift-
zeichen von Vögeln
Ihre kryptischen Botschaftn / für uns
: Wer / kann sie entziffern
wer kann sie erklärn
Sprachn sie nicht von Himmel und Meeren
(immer wieder und Tritt für Tritt)
Und von der Leichtigkeit des Fliegns
Und Schwebns
Sprachn sie nicht: von der Mühsal der Zeichn
Von Vater gebeugt überm Tisch
Und von der Schönheit des Moosbetts

Der Zweige von Tannen / all
der Hülln / in die man seine Totn legt
Oder die Erinnerung daran
: an Vater Mutter / Bruder Schwester

Redeten sie nicht wie im Fieber
: Vom Nebelbett / in das man eintaucht auf Höhn
Und in der Verwirrung die Vaterhand sucht
Die dich hinausführt ins Helle / ins durch-
scheinende Blau
Sagtn sie nicht: Halt Dich Fest
und wir lauschtn / horchtn auf Schritte
(draußn am Gang in ferneren
Zimmern)
Und flüstertn und rührtn uns nicht

Und dann wachst du auf / wie von einer Krankheit
Genesn
(Oder dem langen Schlaf in der Weltnacht)
: Nein / das unter dir ist kein Fichtnbrett
kein Föhrnholz weich
Wachst auf / gehst im Regen spaziern
Oder über die Felder / auf denen der Hafer steht
: Wie gut wärs doch / ein Sämann zu werdn
(ein leichter Matrose)
der Schritt für Schritt über dein Hirn geht
und das Korn wirft / in weit schweifender Geste
: über all die Lotterbilder
Vergangenheitshaufen
Die faulenden Matratzen / auf denen wir lagen
du und ich

Schritt für Schritt

Und doch ist es wie im Nebel gehn
: von einem Baum zum andern
Oder hältst dich an die Silhouette des Hauses
das vom nächsten nichts weiß

Weit weg / werden Signallampen geschwenkt
Hinter den finsteren Wegn
Niemand da / der dir einen Teppich legt
Aus Wortn im Ungefähren

Aufzählung I

Erstens / ein neues Alphabet
Ballschuhe vielleicht
Und im Herzspiel / geänderte
Codes
Auf jeden Fall: die Verlängerung
des Wegs

Ein Versuch nur: einzwei Tanz-
schritte
die halbe Drehung / immer eng
an deiner Hüfte
(und *cheek to cheek*)

Und zweitens dann: im Schattn
rasten (wo wir müde sind)
unter Bäumen des Sommers / in
weitn Kirchenschiffn
wo die Brandung der Straße ge-
rinnt

Und drei dann / da capo
noch einmal alles
: von Neum

Sonnenlicht

Vor Lampedusa

Im Fernsehn war das Meer wie aus Stein
im Schlinggewächs verheddert das Boot
: im filo spinato

Und in den Kipp-
bildern die Körper / auf weitn ver-
lassnen Ebenen
Wir drehten den Ton auf ins Rauschen
ins laut-
lose Brülln / das alles übertönt
: auch die Stimme / in der man
nach seiner Mutter schreit

Ver-
gebene Wünsche / im Fernsehn ist das Meer
eine zuckende Haut ein Haus
ein Bett / für alle mit algenem Haar

Flashlight (auf M.)

In der Morgnsonne gehn / dich bückn
zwischen den Beetn
So seh ich dich hinterm Zaun
: Kopftuch
Kleiderschürze / die festn
Schuh
Und das Schnittlauchgrün / sprießt
in deinen Schritt

Solltest mir winkn / so
macht man das hier
(zwischn Nachbarhaus und Stall)
: Du aber legst nur / die eine
Hand an die Stirn
(geblendet vom tiefn Licht)
Und schon fällt hinter dir
die Gartntür ins Schloss / und der Duft
früher Sommer

Aufzählung II
(nel mezzo del cammin)

Oder
Die Schwerkraft des Schnees
das Zucken der verendenden Gämse
Die langgezognen Seufzer / des Nordwinds
die Widerrede auch (geflüstert ge-
fleht) / der zu fällenden Birkn

: Alles drückt sich ins Moos
schreibt sich ein
ins empfindliche Ohr / des Bodens

Der Unterschied zwischen *ansia*
und *angoscia*
liegt in den Pausen / die du
zwischen die Sätze legst
: und im Hecheln
mit dem die Wälder / aus uns fliehn

Stube

In der Stube / redet man
Vom Bäumefälln
Vom hartn Holz der Jahrhunderte
Und dass mit den Öfen das ganze Zimmer
Brennt

Wir sagn: der Frühling kann kommen
Und wann werdn wir wieder
vor Bahren stehn

Dann endlich: gehn
fliehen / vom Dämmer ins Licht
Und jemandem die Hände aufs Gesicht
Legn / wenn er weint

Dinge wie sie gehen vergehn

(nach einer Ballade für Ulrich E.)

Und alles bleibt eine Suche / nach dem
was errettbar ist
Angreifen ertastn / die Form in den Handflächen spürn
Meine Fingerkuppen suchen das Raue / Rissige
(tief unterm Gedächtnis der Haut)
: und ich weiß nicht warum

Bist du nicht auch / über die weiten Äcker gelaufn
hast Steine / getragn
hinaus aus den windigen Fluren
(wir redetn uns ein / es seien Karfunkel Kristalle ver-
grabene Schätze)
und feuchter von Stund zu Stunde / die Erde
zwischen den Fingern
die Krumen rochen nach Asseln Ver-
wesung
Und eine Ahnung kroch uns
in den Furchen / voraus
: Vater Vater / meine Finger sind schwarz
wie der Tod
(wohin führt der Weg nach Haus)

Endlich dann wartet der Winter / wirft bäuchlings sich
über die Felder
Und der Wind treibt uns heim
Schickt uns weiter / im Sturm
Im Gestöber auf hell schreiende Tage zu
Wir mussten ein Bild dafür / suchn
: eins mit genagelten Schuhn

Eisenspitzn stürzende Vögel / ein Bild
das die Kälte bewahrt

Und du kleiner Mann
Wo läufst du hin / was
fassen deine Händchen an
Ist es Kohlnstaub / Sonnenlicht
hat es Gewicht

Die Kinderschuhe im Eis / hörst du
das Knirschen
Tief draußen im Schnee / vergrabn sich Wörter ins Weiß
wie Weiler / Waidwerk und wund
(im Endlosglitzern des Walds)
Du musst sie nur findn

: Und alles / hinterlässt seine Abdrücke
Krähenfüße Fußtritte Tret-
minen
die roten Punkte im Schnee
: waren Vogelbeern oder Blut
(du musst sie nur findn)

Nachts aber waren wir
: Jäger / wir stapften durch finstere Gassn
die Klassenräume der Mädchen
das erlegte Wild auf den Schultern
Und die Gedärme dampftn noch / als die Träume
uns ließen

: hinein ins Zimmerdunkel / ins eigne
ins offne Maul dieser Nacht
Und wieder liefen wir
Schlugen Haken wie Hasn / warn nichts
als Gejagte die plötzlich ins Nichts
: stürzn
in die Arme der Mutter / ins Blau ihrer Schürze
mitten hinein in den helln
: den offnen Tag

Und du kleiner Mann
(sag nur)
Wo läufst du hin / was
fassen deine Händchen an
Ist es Kohlnstaub / Sonnenlicht
hat es Gewicht

Und einer weist dir den Weg zum See
(du musst ihn nur findn)
zur bleiernen Haut / die zwischen Bergen sich spannte
(oder von einem Ufer zum andern)
Ahnungsvoll läufst du hinaus / läufst du
nach Haus
Im Freudenschrei verbirgt sich das erste Erschrecken

Kennst du noch dieses Versteckn
Wie wir uns wegdrehten / inne-
hielten (mit klammen Beinen Beinchen)
beim erstn Krachn der berstenden Schollen
: Wo lagert sichs ab

dieses Geräusch / zwischen welchn
Windungen des Hirns
Wo liegt das schwindende Weiß des Himmels / das
Sirren
der fliehenden Wolkn
Und später dann / Stundn später
: die Geräusche des fallenden Schnees
wattig dumpf

(die alles verdecktn)

Selbst die verwaschne Lust des Frühlings / das
Auftauchn aus tiefstem Grund
Wo fassen wir das langsame Vergessen
(das Rückwärtsfließn der Tage)
in welchen Vasen / welchen
Gefäßen

Und du kleiner Mann
Sag / wo endet das noch
Wo kommen wir an
In welchem Schneebett liegt / dieses Kindsein
in welchem Loch

Ach wir hatten keine Ahnung / von nichts
Unser Schatten war grad erst geborn
Wir saßn beim Schlachter herum
und sahn dem Zucken der Schafe zu
(ihren zitternden Gliedern)

Dem Erschreckn des Augs / diesem Inne-
halten kurz nach dem raschn Schnitt
(wie ungläubig noch)

: Und dachtn an nichts
Und hielten uns fest (wo irgendein
Halt war)
Und das Blut eine Ewigkeit
In breitem nicht endendem Schwall
Und du (kleiner Mann) stauntest doch auch
: Was das für ein Gurgln war / ein hilflos
zerdrückter Schrei
Und für ein Aufbäumen / hinauf
bis ins Blau / doch

: es warn nichts als Sekunden (einer Kindheit
Sekundn) / einfach nur
: das Geschehen / die Dinge
wie sie gehen vergehn

Nachtrag

Immer stehen wir irgendwo
im Gegenlicht der Städte
Es wechseln nur / die Hintergründe

: die Strandpromenaden
Einkaufspassagn / Höhenwege
Oder die Siegessäulen / all
die Monumente einer endlosen Zeit
Immer stehen wir irgendwo
: verzähln uns in den Tagen
den Jahren

Kruzifix

Im Krankenzimmer / hängt
ein blasser Korpus
unter den Lamellen der Klima
O Gott / sage ich
Wie bist du schmal ge-
wordn
ein richtiges Handtuch
Und im Spiegel / dreht
Sich die Ärzteschar weg
Mit lachendem Trippel-
schritt / eine
Sekunde zu schnell

Heiln / ist auch
so ein Wort / das man gern
in den Mund nimmt

In der Brandung stehn

Auf meinem Schreibtisch, 2 Schafe

Bestimmt sind es / Abgesandte
einer fernen ver-
wunschnen Zeit
(mit Feldern Wäldern)
So / wie sie dahinschreitn
(auf der abgegrasten Platte des Tischs)
Seit an Seit
Und miteinander plaudernd
: von einer Idee / der Zukunft
(vielleicht)
von weiten Gras-
ländern / oder verwirrtn
Hirten

Sag / zieh die guten Schuhe an
: komm mit

Über Plätze gehn

(oder: Vom Meer meiner Kindheit)

Und später dann / allein in den Städtn
Hast du nicht auch die weitn Plätze gesucht
Wo der Blick sich ausschweifen kann
Kein Hindernis / ihm den Weg verstellt

Vielleicht war es die Angst
Zu erstickn im Dickicht / wer weiß
Unterzugehn im Gewimmel
: in der Menge / dem Engen
Wo der Blick an allen Mauern
sich bricht

Und dann auf dieser / Place
de la Concorde im grauen Herz von Paris
an einem rauen Morgen im März / bevor
der Tag noch zu leuchtn begann
Hinter den Kuppen des Bois de Vincennes
War da fast so etwas wie
: Glück / wie schwindender Schmerz

Wie mitten in der Brandung zu stehn
Im weiten Meer deiner Kindheit
: Diese Erinnerung / an etwas das floss
das glitzert wie Wasser im Fluss
im See / in diesem Reschener See
Farbsplitter aus grün und türkis
Stücke aus zerbrochenem Glas

Rannten wir nicht in dieselbe Weite wie hier
(in einem andern / ferneren Frühling)
im entleerten Stausee von Tümpel zu Tümpel
voll kindlicher Gier / nach etwas
Das das Eis nicht erstickt
Und wir lachten über die schnappenden Fische im
Schlamm
Wir lachtn uns tot
Wir lachtn uns krank
Und kipptn aus allen Schuhn

Und findet sich wieder / plötzlich
(fünf Uhr morgens und die Gefährtn schon weit)
Vor Kälte bebend und vor Erinnerung
(wie schuhlos)
Zu Füßen eines (geraubtn) Obelisken
Und folgt seinem Blick / der wandert
hinaus über den leeren Asphalt
Und im blassn Himmel
verschwimmt die Stunde / die Zeit

Haben wir dort draußn / nicht Fußball gespielt
Im knapp geschossnen Grün
Auf einem Feld / das mit Zweigen abgesteckt
Und der Morast / der inständig nach Scheiße roch
(nach deiner und meiner / nach Abwässern
aus allen Latrinen)
Klumpte zwischen den Noppen unsrer Schuhe
Und in den Nähten des Lederballs
Des einzigen / den wir besaßn

Und der Sommer kam immer plötzlich und groß
(wie von einem Tag auf den andern)
Wir wateten durchs gestaute Wasser / das
: unaufhaltsam / wuchs und stieg
und sich über den Rasen schob / über
unser Feldherrnfeld
Und vom Fensterplatz in der Stube sahen wir zu
: später
(mit zuckenden Lidern verzückt)
Wie Wind und Wetter das Wasser peitschtn
Bis das Nass über den Sechzehner leckte
Und die Wellen nannten wir / haushoch

Und wenn aus schweren Wolkenbäuchen
die Blitze ins schäumende Wasser zischtn
Stieg da nicht eine Ahnung in uns hoch
(es war doch so / so war es doch)
von einem Leben jenseits des Blickfelds
: oder vielleicht wars einfach nur
die Lustangst die (Ewigkeit suchende)
Angstlust
: vor dem nächsten Donner-
schlag / der bis in den Zungengrund zu spürn war
und unser Denkn und Sehnen verwirrte

Und so findest du dich / wieder

Auf irgendeiner Grande Place
So / als versinke man: in den Wellen der Zeit
(in so viel Vergangenheit)

und nichts hält dich auf
Und vor deinen Augen / ists
Als wandle sich
das graue Pflastermeer der Stadt
Wo Stein an Stein (vor Kälte) sich schmiegt
in das herbstliche Wasserblei / deines Meers
Und durch den Garten des Louvre
Glaubst du hinüberzusehn / aufs andere Ufer
Jenseits / wo etwas schimmert
wie das Gelb von Lärchn
durchtränkt mit den erdign Tönen der Äcker

: Nichts als Sentimentalitätn / dumm und zukunftslos
hier ist die Gegenwart / sagst du
im Straßengrabn / schau
in den Scherben von billigem Wein
in der Kotze
im schalen Geschmack / der sich ausbreitet
in deinem hungrigen Mund

Genau / Sentimentalitätn
Die dich hinabdrückn tiefer und tiefer
(sinkn lassn)
: tief in die November-
leere / in der man auf nichts mehr
wartet
als darauf / dass (zähnebleckend)
ein wütender Himmel Straßen und Stadt
bedecke
Mit einem wirschn Mantel aus Schnee
Aus Kälte und Schnee / eine Decke übers Karree
Über Innenhöfe und Futtertröge

Sentimentalitätn (sagst du) so
: als wärs kein Hunger / kein (tiefstes) Verlangen
nach klarn Dingen
wie dem Geräusch von Schuhn / in denen das Eis
knirschte bei jedem Schritt
: als wärs nichts / nichts von Bedeutung

Tritt ein

Hier: der Küchentisch / Kunststoffplatte
Melamin
Eckbank Stuhl
Vor dem Holzherd stehn
Wie lange schon
Die Hände am Schürhakn

Hier: die Brandspuren im Plastikbelag
Geschirrbecken Spiegel Kruzifix
Die Waschmaschine verlegt
ins neu gebaute Bad / Wo
die Pantoffeln

Vielleicht müsste mal wieder gestrichen werdn
: sagst du im Niederbückn

Torsi

Und dann flieht es zurück in die Stille
der Kammern
: das verwilderte Herz
aus Wörtern wie Harn oder Kind-
heit
Körper an Körper verwüstete Pläne

Und / die begehbare Landschaft
Mit schüttrem Gras
(am Bahndamm)
und flackerndem Licht (in fernen Häusern)
: vielleicht suchst du sie im Gedicht
im Durcheinander der Träume

In den Einkaufslistn / der Phantasie

Cane a sei zampe

Und wenn auch Hunde
einen Gott / fragst du an der Tankstelle
(ich stand an der Pumpe / wir
redeten durchs Fenster durchs offne)
: Wie könnte er sein

Dann fuhren wir weiter / lach-
ten über Briefträger Ve-
terinäre / ja mit gebleckten Zähnen
und Dackeln im Strahlenkranz
: sahen der Dämmrung zu
wie sie eins nach dem andern
verschluckte

(die Bäume / die
Wünsche / die Köter am Straßenrand)

Auferstehung der Tiere

1.
Aber was wissen wir schon
von ihrer Angst / vom Entsetzen
das sie befällt
: an den Rampen

2.
Weiter obn wird die Schrift
gelöscht / ein sanftes Wischen nur
das bisschen Kreidestaub
das auf die Schuhe fällt

3.
Schreib nicht vom Tod
das / verkauft sich nicht
sag einfach: meine Stücke
handeln vom Lebn

Schläft ein Lied

Schläft ein Lied

Bis alles beisammen ist
: die Wäsche zum Wechseln
das Schreibheft schwarz
Hut / Schuh
Und guten Mutes sein

Etwas gegen die Kälte
Sich umarmen als Wegzehrung
Jacke / zwei Hemden
das Schweizermesser
Sich noch einmal umdrehn

Litanei

(Aufzählung III)

Wer weiß / wer
dies Büschel Blumen
Über den Tisch / gestreut
Flackernde Blätter
über Bett und Stuhl / über mein
Und dein
Über all unsere Dinge

Ein Büschel Zeitlosen / mit dem Geruch auf-
gebrochener Erde / der langsam ver-
welkt
(vergeht)
In unserm Haus / treppauf treppab
Verkrüppelte Zeichen / auf-
gereiht im Verschwindn
Fast wie Buchstaben: verordnet über
die Stufen und Teppiche hin (sieh her)
: Als kleines Brevier / Abc
des Endlichen

Angefangen mit A: Almrausch
Anstand Akelei
Aasgeier Abszess Akkord
Amarelle Ambra Azur
Die Asseln unter dem gewendeten Stein
flüchten das Licht
Und Astern im Herbst
Azaleen im Sommer
Wie alles entschwindet / verwelkt
(so schnell)

Affekte und Affären
Akten
Akademien
Allianzen
Allüren und Almanache
Altbauten
Amaryllen
Antons und Anitas

Bachstelzen Barock Basalt
Bedeuten beflügeln begehrn
Bitterwurz Bleistifte Blondinen
Und Buchstaben / die tanzn im Licht
der abendlichen Lampe
Böcke und Bonbons
Börsenkurse und Botenstoffe
Bollwerke gegen den Feind
: Der nachts kommt / immer nachts
Mit seinen Sensen Sicheln
Und mäht

Der alles niedermäht / Callgirls
und Chrysanthemen / Clowns und
Chronometer
Die Zeitmesser / denen nichts mehr
bleibt als das: ihre eigene zu vermessn
Die kurze / bis der Schnitter kommt
Mit seinem Maß

Über die Dahlien und Datschas
Diskontsätze
Dekorationen
Dotterblumen
Dörrpflaumen
Dosensuppn (auch)
Dynastien
Diätassistenten
Deutschlehrer
Diskjockeys

Aber es gibt doch auch
Dauer
Die Deichselsterne am Großen Wagen
Delinquenten und Delikatessen / seit jeher
Seit es uns gibt
Desaster und Dichter
Dollarnoten und Drosseln
Von denen werden wir nie mehr los-
kommen / es wachsen ja immer wieder
neue heran / neue Diskurse und Duckmäuser
Neue Dunkelmänner / neue Don Quichottes
Da kann der eine mit der Sense wütn
wie er will: den Donner wird es immer gebn
Und unsere schönen Dörfer
Mit Durchblick und drallen Dragonern
Nicht

Ein Büschel Zeitlosen nur / über die
Teppiche hingestreut / ist doch zu viel
der Symbolik: denn es gibt
Ebbe und Flut
Export und Import
Enge und Weite
Ist das etwa nichts
Und redn wir nicht von den Engeln
die immer schon da waren
Und die Hand über uns hieltn
: über unsere Existenz
Über unsere Erfolge und Effekten
Über Erdölquellen und Eheglück
Über Erstbesteigungen und Ejakulationen
Über Edelweiß und Enzian / nicht
Zuletzt

Und allein die Tatsache / dass es
Wörter gibt wie Ewigkeit
Oder Endlosigkeit
Sagt das nicht alles

Aber im Zimmer welken die Zeitlosen
und wir mit ihnen
Die Fachfrauen und Fahrdienstleiter
Die Fährschiffer und Falkner
Falschspieler
Fanatiker
Fahrradfahrer
Fassbinder

: Fäulnis überall
Auf den Feldern und Fechtbahnen
In den Fischteichen und Fertiggerichten
Der Flieder im schattign Garten
Der Firmling im neuen Kleid
Die Flugbegleiter und Filous
Finanzberater Forscher
Fremdenführer und Froschkönige
Fäulnis / Vergehen ohne Ende

Und neben der Galaxis
die ewig sei
(wie man sagt)
Vergehen im schnelln Schritt
Gänseblümchen Ganoven
Gastgeber und Gazellen
Gedanken und Gedichte
Gebete
Gefühle
Generationen
(von Gemüsesorten)
Ganze Generationen im Sauseschritt
Mit einzwei Messerhieben
Mit einzwei Sensenschlägen
Fallen Tausende / hinab

Ganze Gebiete verschwinden
Gebirge / die abgetragen werden
Gepäcksstücke / die verloren gehn
(für immer)

Geigenkästen zu Bruch
Gebühren gestrichen
Gerüste abgebaut
Getränke vergossn
Gewinne verschleudert
Glossare eingestampft
Grachten entwässert
Grenzen verschoben
Grotten zum Einsturz gebracht

Nur die Galaxien stehen da und schaun
reglos (möchte man meinen)
Auf das große Gemetzel
: Hackfleisch vergammelt
Haare fallen aus
Haken brechen
Haltestellen aufgelassn
Hallen die einstürzen
Hänge die abrutschn
Häuser in Flammen

Auch Hämorriden leben nicht ewig
wenn man sie nur richtig
Behandelt

Überall wird sichtbar die
Handarbeit des großen Schnitters
Auf Hauptstraßen und Hausdächern
in Heerlagern und Heimatmuseen
Auf Herrenabenden und Hochschulen

Und Heldnfriedhöfe
findet man heutzutage
An jeder Ecke

Hemingway Hinkel Horowitz
Hesiod Herodot Herzmanovsky-Orlando
Hinunter hinab hinüber
Humus

Hingestreckt
Von Infarktn
Indigestionen
Infekten
Verseuchten Injektionsnadeln
Die Inkubationszeiten werdn kürzer
von Mal zu Mal
Im Infight ist der Schnitter
: unbesiegbar
Vor allem wenn er
inkognito kommt
Seine Intentionen verschleiert
verkleidet als Imker
Installateur
Ingenieur oder Inspektor

Nein / auf der Jagd ist er
unschlagbar
Denn er vereint alles in einer Person
: Jägersmann und Jagdmesser
Jagdfieber

Jagdglück
Und wenn er ausholt
auf dich zielt
Bleibt dir nichts anderes als
Ja zu sagn / Ja

Kaiser und Könige
Kähne und Kabeljaus
Kaffeebohnen und Kalebassen
Kaltherzige und Kammerdiener
Kandiszucker
Kapitäne
Kapitalgeber
Karnickel
Keiner ist ausgekommen
Kein Einziger

Aber unter L / sagst du
schlag nach zwischen Lidstrich und Liebermann
Dieses eine Wort
Dieses eine

Was zwischen mir und dir steht
Was tief in die Leiber geht
Was uns immer neu verwirrt
Was nie zu Ende sein wird
Dieses eine

Ach komm / auch die Liebe
hat ein Verfallsdatum wie alles

Hat ihren Tag / ihre Stunde
wo sie zu bröckln beginnt
Diese eine

Und doch / beginnt sie immer wieder neu
Sie wankt aber sie fällt nicht
Sie stolpert / aber kommt wieder auf die Beine
Verändert sich / aber bleibt immer
Die eine

Ach komm / wie viele Lieben
sind nicht gestorbn / von einem Tag
auf den andern / zu Hass gewordn
Oder einfach ausgeblieben
Als wär nie was gewesn

Und doch / blüht sie immer wieder auf
Auch wenn sie ihr Ziel wechselt
Ihre Schritte / ihr Maß
Sie stirbt nie

Ach komm / sage ich
ach komm
Und als wie uns hielten
Und als wir uns fandn
Und so durch die Räume gingen
wo Zeitlosen verstreut
Von deiner Hand
Von meiner Hand

Sah ich die Nächstn schon aufmarschieren
: Majestäten
Mandarinen
Magnolien
Maiandachten
Makrelen und Mädchenhändler
Mamelucken und Mannequins
Margeriten
Manifeste
Marxisten

Aber du legtest mir den Finger
auf den Mund
Vielleicht wars / damit ich nicht schreie
angesichts der Masse
der Mediziner / die antretn abtretn
Der Meerschweinchen und Meisen
Der Mehlwürmer und Mercedesfahrer
Der Messdiener und Methodisten
Antreten / abtreten
Mieterschützer
Miezekatzen
Militaristen
Millionäre
Misanthropen
Missen zuhauf / dern Schönheit
Gerühmt wurde
Models
Modemacher
Mondsüchtige

Morgenmuffel
Müllmänner
Muttersöhnchen
Musikerzieher

Ja / leg mir den Finger auf den Mund
Liebste
Kratz mir die Augen aus
damit all das verborgen bleibt
Fern von uns

Nachtigallen / die plötzlich verstummen
Nachtschwestern / die den Tag nicht überstehn
Narzissen / aufgeblüht verglüht

Nichts als Nekrologe / wärn zu schreiben
auf
Nebelhörner und Negligés
Nelken und Nerzmäntel
Nichtschwimmer
Nierentische
Nikoläuse
Nihilisten

Oberförster werden versetzt
Obsessionen ausgetriebn
Okkultes
: an die Öffentlichkeit gezerrt
Optionen werden rückgängig gemacht
Orchester aufgelöst

Orthopäden in Pension geschickt
Nichts bleibt / wie es war

Auch Päpste leben nicht ewig
: Parlamente
Patriarchen
Pellkartoffeln
Psychiater

Pfadfinder verirren sich
Pfropfen lösen sich
Phantasien verlöschn
Oder werden eingeholt / von dem
Was man Wirklichkeit nennt

Wirklichkeit: wo die Quellen versiegen
Raben abstürzn
Radfahrer unter die Räder geraten
Rahmen aus dem Leim gehn

Genauso wie alles
Rasierapparate und Raststätten
Räuber und Gendarmen
Rauschebärte
Reaktoren
Rechenschieber
Rechtspfleger und Linksträger
Redakteure und Schriftleiter
Regenwälder
Rehböcke

Reitlehrer
Rekordhalter

Gerechte Richter und Ringeltauben
Ringlotten und Ritualmörder
Roboter
Rohrstöcke
Rohköstler
Ruheständler
Rüsselkäfer
Rumtrinker

Kratz mir die Augen aus
Liebste / fessle mich
Stopf mir den Mund
mit etwas / das Ewigkeit atmet
Weite / über den Tod hinaus
Mit einer Speise
die nicht nach Vergänglichkeit schmeckt
Nach Moder
Fäulnis / und all dem Zeugs
das verfällt vergeht
Verrinnt
Kaum / dass mans berührt

: Wie Sand in den Fingern
Samstage und Schachtelhalme
Schallwellen und Sahnehäubchen
Schaumkronen
Schneeflocken

Schlankmacher
Schnulzen
Schonfristen
Schokoriegel

Schnittmuster und Schwarzseher
Schöntuer und Schrittmacher
Selchkarrees
Senfgurkn

Allesamt auf den Abgrund zu
hinab in den Orkus
Auf Nimmerwiedersehen

Wir schreitn die Reihen ab
Im großen Alphabet
: keines das bleibt
Immer neue Abzählreime
Ausscheidungsrennen
Ist die schwarze Köchin da
Ja ja ja

Halt mich fest / Liebste
wenn wir hineinstolpern
Zwischen Tochterzelle und Tofu
wo der mit der Sense sitzt
Sein Messer wetzt

An ihm kommt keiner vorbei
der Tag nicht / und nicht die Nacht
Kein Tanzschüler kein Tätowierer
Kein Taucher kein Tarifpartner
Kein Taxifahrer kein Techniker
Der Teenager nicht
Kein Tellerwäscher
Tenöre
Teppichhändler
Testamentsvollstrecker
Theologen
Titelträger
: niemand
Um dieses Tor

Vergeblich / sucht man
die Schleichwege
Schmalen Pfade
die außen herum führten
Vorbei an dem der dort lauert
Zwischen Tochterzelle und Tofu
: unbeschadet
Vorbeizukommen / an jenem Schlund

Da / wo es endlose Dauer
geben soll / so heißt es
Keine Unrast mehr
Kein Verwelkn

Veilchen / die ewig blühn
Verderben das kein Ende nimmt
Verzweiflung die stillsteht

Oder einfach: Verklärung
Warum nicht

Wo die Wanderung zu Ende ist
das Ziel erreicht
Die Tür: Zugeschlagn

Halt mich fest / Liebste
kratz mir die Augen aus
Aber bleib bei mir
Bleib einfach
(Bleib)

Schreibtisch später, 3 Schafe

Noch sind die Straßn
ins Dunkel gedrückt
(im Treibsand der Bäume)
Noch / atmen die Garagen
zur Nacht

Zwei Schritte zurück
Das Boot / das im Zimmer
vor Anker liegt
fensterwärts
Der aufgetakelte Mut

Aber noch / weiß keiner
Wie man sich
zwischen schlafenden Tieren
Bewegt

Jahrestag hell
(für S.)

Und manchmal ein Satz
den man auffordert zu bleiben
ein flattriger Morgn / den du eintreibst
ins Vogelgezwitscher im Haus
(ins Helle hinter den Augen)
: und in die Jahre die zähln

An den Ufer-
promenaden / fliehn die Jahreszeiten dahin
(weisen den Weg übers Gras)
: über die Stufn der Jahre
zu unseren Kähnen im Wind-
schatten aufgebockt

Aber noch lösen wir die Leinen nicht
Noch halt ich mich (fest) / an ein Wort
das aus lauter Jetzt besteht
(aus Reiseplänen verrücktn
Stühlen aus Blicken zurück) bleib
: mitten in diesm Tag

Whiteout I

(Vinschgau für Marjan C.)

Vielleicht gibt es auch ein andres Weiß
Als dieses
: der Nebel / der hier auf Halde
liegt (auf Haide)
Schneelicht / Wind-
gewirbl von einem Jahr zum andern
Und dazwischn ein Marmorstück
Findling / auf dem Weg nach Klopair

Hier fährst du dahin / trugst
dieses verwunschne Glück
über die Wege
(oder ins Knabenseminar nach Meran)
: Und manchmal erkennst dus wieder
eine Schattierung / ein Ton
der dich trifft
Mittn ins Helle hinter den Augen

Immer noch / mess ich das Gewicht
der Flocken
Mit dieser (dummen) Sehnsuchtswaage

Einkaufslisten

Januar / so schnell gehst du
über den Winterhang
durch sein hundefarbenes Haar
streifst Schritt für Schritt
die Tage ab / kein Belln
kein Winseln lang

Und morgn schon wechselt das Licht
Ins Frühlingshafte / hinüber
ins Konditionale
Wie leicht schreibt man Wünsche an
Schleicht durchs Gestrüpp
der Begehrlichkeitn / ein verdecktes Staunen
: im helln Gesicht

Aufzählungen nützn nichts

Last exit II

Und Abend war
und Dämmerlicht
und Tiere gingen vorbei / eine
Handvoll Schafe da: und staken
durch den Samt des weichen / Kortex
davon

Und Flocken wirbln im Wind
(über Fell und Feld)
: als Weißabgleich der Erinnerung

Und hinter unserm Blick
schließt die Landschaft ihr Lid
: schau / auf die Schalenpaare im Schnee
die Fährte hinaus in die Nacht
Brauchst gute Schuh

Handvoll Wörter nur

(oder: De Saussure leert seinen Rucksack)

Was soll man (sag)
mit einem Wort wie Flanell
das ein Sechsjähriger / Silbe an Silbe rückend
tastend erfasst am Küchentisch
In seinem ersten Buch aus der Pfarr-
bibliothek / starr vor Glück des Begreifens
Was soll man mit so einem Wort
das nie verdorrt über die Jahre / das einem nach-
flattert / und immer gleich nach Butter-
fass riecht
Nach Mutters Lebkuchen / Krippen-
moos
nach all den Dingen / die verlur gegangen
nur dies eine nicht
Das sich zweimal im Jahr
(oder einmal nur)
auf deine Schulter setzt
und dir leise flüstert ins verworrne Ohr: Flanell Flanell
Hasenpfote Hasenfell

Was soll man mit so einem Wort
Und mit all den andern / die mit-
schwirrten
über die Wege und Jahre / sich fest-
bissen
im Erinnerungsfeld im Weißtdunochacker
Wörter wie Marina und Littorina
: Weißt du noch / flüstern die Stimmen
Der zitternde Schnurrbart deines Neina

der mein Großvater war / seine auf-
gezwirbelten Spitzen die weit hinauf-
schossen in den Blauhimmel / in den März-
schimmel / auf unseren weitn Reisn
Mitten ins Osterhasengrün
an einem Ort wie Mals (oder Schleis oder Schlanders)
das von einer ratternden Zugsgarnitur
durchschnitten wird / und wir hielten uns
die Ohrn zu / weißt du noch

Littorina / war das nicht die Faszination des Un-
bekannten
Der helle Lockruf einer Sprache: honig-
süß und flirrend fremd
(ti voglio al più presto sposar)
Und war das nicht genauso / meine Angst
vor der Ferne
(unbarmherzig schlug das Hasenherz)
Der Fremde / aus der man nie mehr zurückkehrt
Und die in den Sätzen meines Großvaters Krieg
oder Galizien hieß
Galizien: Was für ein Ort musste das sein
Wo man sang wie einem zumute war
(sangue / so hieß doch das Wort)
Und mein Großvater jung war so dumm
Dass Galizien ein Wort für Blut war (rot) und Tod
das sagte mir niemand / auch der nicht
der dort war und diente

Gottseidank zogen die Schutzengel ihre Kreise
Hier wie dort / am Ort des Verderbens
: Wir hörten das Rauschen der flatterndn Flügel
bis in den Schlaf hinein
Und manchmal nachts wars
als ob ihre Federn / die mächtigen Schwingen
(über der Bettstatt)
einen kitzelten in den Achselhöhlen oder
südlich davon (in der verbotenen
Zone)
Schutzengel mein / lass mich dir empfohlen sein
So wimmertn wir dann / so sprach man uns vor
: So entstand das
was man Wirklichkeit nennt / Bedeutung

Bestimmt flogen die Engel auch über Galizien
und zogn eine rauschende Spur durch die Himmel
Vielleicht waren sie es / die Kondensstreifen
malten
Ins satte Blau über den Bergn / wer weiß
Und wer weiß / was Ferdinand im Archiv meiner Kind-
heit
befunden hätte
(gebeugt über das Lexikon) mit all den Wörtern
Die keinen Unterschied kanntn zwischen
Signe und signifié
: Mild fielen die weißn Laute als Schnee
vom Himmel
waren Manna oder Locke und Flocke
Das B von Brot knirschte zwischen den Zähnen

Und manche W hatten nur eine Seite / trugn nichts
an Bedeutung
: Außer der einer Farbe / eines
Geruchs / der wächsernen Blässe von Fiebermesser
Dem rostign Rot von Kinderfresser
Hatte man nichts entgegenzusetzen
: Duftete das Wort Mandarine nicht nach Nikolaus
Oder war es umgekehrt
Und Pulley / war das nicht Vater im Frühlingsgrün
Tenne roch nach nichts als Staub
Und Mittsommer nach Laub
Und Sehnsucht / war das noch mehr
als das frisch gemähte Gras im ersten
Morgen

So gingen wir in die Welt / humpelnd
An einem argen Akzent
Und mit einer Handvoll Wörter (nur)
Aber ausgerüstet mit unvergesslichn Farben
und Düften: unauslöschlich
Und wenn mich jemand fragen sollte
(wir fahren alle direkt darauf zu)
Was du noch mitnehmen möchtest
Dahin / wo man taschenlos geht
Dann sagst du: ein paar Düfte nur
die sich eingebrannt über die Jahre / über den Wechsl
Der Zeiten
Die kannst du behalten / in den Windungen des Hirns
Oder in den Faltn der Haut
Ein paar Wörter / lose als leichtes Gepäck

Sag Ferdinand
Wenn du deinen Rucksack leerst
Meinst du nicht auch: Flanell Flanell
Hasenpfote Hasenfell

Aufzählung IV

(auf eine Fotografie des Großvaters)

Vor dem Nachbarhaus stehen
Lodenjoppe Hut
Und mit zwei Pferden / am Halfter
(eins links eins
rechts)

Aber kein Rossebändiger
sieht dich an
(mit verwildertm Blick)
: ein Begleiter nur / der
den Weg kennt
die Schritte über den gezackten Bildrand hinaus
und weiter weiter
: in einsame Wolkenwiesen
in verwegne Sommer

Whiteout II

Hier also: führst du deine Tage ab
hinter schwedischen Möbel-
häusern / und toten Gleis-
anlagn
Lebst dich ein / ins Lagerprogramm
: von Resopalplatten
Waschstraßn
Heimatland
Jagst die Hunde hinaus
In diesen (helln) Dezember-
morgn

Und überm Sichtbeton der Unterführung
weitet sich / der Blick
: Bald wird es Schnee gebn / vom Nordkap
bis in die Niederung

Kammer

Adieu sagn mit dem Blick zum Fenster
Rückwärts gehen
Da die Matratze / voll Fleckn
(wo du lange lagst)
der knarrende Bodn
Eine Danksagung schreiben
: das muss doch zu machen sein
(wo du der Schriftsteller bist)

Viele Dinge sind das nicht
Nein / der Schrank soll so bleibn
Vorhänge zuziehn
Heizdecke aus
rückwärts: gehn

Aufzählungen nützn nichts

Auch die Tiere fliehn jetzt
aus den Gedichten
(verlassn das sinkende Schiff) / auf
den papiernen Planken
verblasst rasch ihr Tritt

Was soll das heißn: Zuflucht
suchn in den Wellen
Mit den Hundn bellen
Von A bis Z / sei nur ein kleiner Schritt

Das Alphabet versprach doch nie
eine Sicherheit / ein festes Gehalt
Und wer sich an Buchstabn krallt / spürt
wann der Sturm kommt: (bald)

Inhalt

Landschaftn Vergangenheitshaufen

Sonnenlicht

In der Brandung stehn

Schläft ein Lied

Aufzählungen nützn nichts

Sepp Mall
Berliner Zimmer
Roman
192 Seiten, gebunden mit Schutzumschlag
ISBN 978-3-85218-721-1
€ 19.90

Als sein Vater stirbt, wird Johannes erst bewusst, wie viele Fragen er zeitlebens versäumt hat, ihm zu stellen. Doch lässt ihn das unbestimmte Gefühl nicht los, dass es dafür noch nicht zu spät ist, und er begibt sich auf dessen Spuren nach Berlin. Dort nämlich hatte sein Vater als junger Soldat während des Zweiten Weltkriegs eine Liebesbeziehung zu einer Frau, von der niemand in der Familie bislang wusste. Tatsächlich gelingt es Johannes, die Frau ausfindig zu machen, er trifft sie – und kommt seinem Vater näher als je zuvor. Berührend und mit feinem Sinn für die Zwischentöne beschreibt Sepp Mall die behutsame Annäherung eines Sohnes an seinen Vater und erzählt von einer Liebe, die den Tod überwindet. Er nimmt den Leser mit auf eine Reise in das Berlin von damals und heute und öffnet ihm die innere Welt einer Figur, die sich hartnäckig dagegen wehrt, dass der Tod eines Menschen seine Auslöschung bedeutet.

„Ein feinsinniger und kunstvoll angelegter Roman, der zeigt, wie komplex das Leben sein kann.“
Die Furche, Maria Renhardt

„Sepp Malls ‚Berliner Zimmer‘ ist ein virtuos komponierter Roman.“
Aargauer Zeitung, Markus Bundi